Wie dähamm

Bilder unserer Heimat

aus der Feder des Mundartschreibers
und dem Pinsel eines Malers

Gestaltet auf Anregung des
Lions Kulturfördervereins Cadolzburg e.V.
anlässlich des zehnjährigen Bestehens des
Lions Clubs Cadolzburg im Jahr 2010.

Herausgegeben 2011

VERLAG THEO STEINBRENNER

Schweinfurter Straße 17 - 19
97359 Schwarzach am Main

Telefon 09324 - 1054
Telefax 09324 - 2709
Mobil 0170 - 2476714

E-Mail: kontakt@theo-steinbrenner.de
Internetadr. www.theo-steinbrenner.de

ISBN 978-3-922167-02-0

$\frac{\sqrt{x} * \sin(y \pm \pi) + \ln(a) * df}{\exp(2) * (6^3 - c^2)} = \inf$

Gewidmet allen Freunden und Gönnern
des Lions Clubs Cadolzburg,
die durch ihre Spenden und auch sonstigen Zuwendungen
die Ziele des Clubs maßgeblich unterstützen und somit helfen, Leid zu lindern,
ganz nach dem Motto von Lions International.

Theophil Steinbrenner & Fritz Stiegler, im Sommer 2011

„Wie Dähamm“

eine Hommage an Cadolzburg und seine Einwohner anlässlich des 10-jährigen Bestehens des Lions Club Cadolzburg.
Mit der Lektüre dieses Buches möchten wir die Leser, geführt mit spitzem Stift und spitzer Feder, in die Eigenheiten des fränkischen Alltags, des fränkischen Denkens und der fränkischen Seele eintauchen lassen.
Mit dem Mundartdichter Fritz Stiegler konnten wir einen Autor für unser Buch gewinnen, der dafür bekannt ist, seinen fränkischen Landsleuten genau „aufs Maul zu schauen“. Der mit dem Kulturpreis „Frankenwürfel“ ausgezeichnete Cadolzburger bringt wie kein Zweiter in unserem Raum die Geschichten, die das Leben schreibt, auf den Punkt. Er hat für uns 30 Gedichte und Geschichten verfasst, die Cadolzburger ebenso wie Zugereiste in vielen alltäglichen Situationen an sich selbst erinnern – es ist halt „wie dähamm“.
Theo Steinbrenner, der renommierte unterfränkische Maler und Bildhauer, hat mit leichter Feder und treffsicherem Gespür für Gesichtsausdrücke seine Skizzen zu diesen Geschichten beigetragen, die sich dadurch auch dem Nicht-Franken leicht erschließen. Seine Aquarelle zeigen unsere Heimatgemeinde durch die Augen eines Künstlers, der seinen Sinn für die Schönheit Cadolzburgs mit jedem Pinselstrich einfließen lässt.
Als Highlight liegt unserem Buch eine Audio-CD mit einer Dichterlesung von Fritz Stiegler bei, um den nichtfränkischen Lesern eine Vorstellung vom Klangbild unserer Sprache zu geben.
Mein besonderer Dank gilt Fritz Stiegler für seine Gedichte und die Lesung, Theo Steinbrenner für die Bilder sowie Matthias Lange für die professionelle Aufnahme der CD in seinem Tonstudio. Sie haben ihre Arbeit dem Lions Club Cadolzburg zur Verfügung gestellt und dadurch unser „soziales Engagement vor Ort“, in das die Erlöse aus diesem Buch fließen, maßgeblich unterstützt. Nicht zuletzt danke ich auch meinem Lionsfreund Gerd Zebisch, der die Idee zu diesem Buch hatte und dieses Projekt mit viel persönlichem Engagement ermöglichte.

Peter von Beyer,
Präsident Lions Club Cadolzburg 2010/2011

Dä Franke

Dä Franke is a ganzä bravä
im Dorf is er dä grässde Waafä
a Middlfrank aus Fleisch und Bluud
und immä fir a Gschmarri guud

Sei Dialäggd, der duddn bassn
Anglizisdigg duddä hassn
Englisch, Daidschvähunzärei
bedrachdä olz a Sauärei

Dä Franke is a nu rächd schduur
schaid jeeda naia Brozzeduur
dä Franke lässdsi kaum beleern
…sei Freind, der meechäd'n bekeern

Du grixd doch boll dei Rendn
solläsd dei Organe schbendn
wenndä neemli woss bassierd
wenndi anä wäch rasierd…

Organe wänn doch immä brauchd
und wenn vu dir a Drumm nu dauchd
kannsdes doch an andänn lässn
bevor di Wärmä olläs frässn

Dä Franke hadd dann ibäleechd
an mir, doo wädd fei nidd rum gseechd
suwos felldmä zimli schwär
grundsädzli geeb ich nix här

Ka Läbärn, Moong, ka Härz, ka Niern
bloos aans des deedi doch schbendiern
will suu a Schbroochvähunzä weidäleem
deedi dem mei Goschn geem

Des gscheide Waggäla

Naggäd kummsd raus
kennsdi nidd aus
kannsd nidd laafm
nidd schdee
nidd waafm, nidd gee

Zullzd an dä Brusd
zullzd an dein Schlauch
zullzd an dä Hend
hadd wädd dei Bauch
…du hasdi väschluggd
hasd bloos nu kussd
di Muddä kummd grennd
du röchlsd, du schreisd
du schdramblsd, du schbeisd
di Muddä hadd gschend

Di Muddä hadd Sorng
du wassd nidd warum
dengsd nunni an Morng
…bisd nu naggäd und dumm

2011

Des Eheboor

Zwanzg Johr nidd gschdriedn -
gschiedn

zwanzg Johr gschdriedn -
nidd gschiedn
sänn
zwanzg Johr fir di Kaddz nidd gschdriedn

11
2011

Vorroodsholdung

Di Oma hadd ihrn Dresoor
im Bedd inschdalierd
a schdaaolda Kisdn
bemoold und väzierd

Zwischä Madradzn
zwischä Beddzeich väschdeggd
hadds kannä enddeggd
ganz gnau schreibds a Lisdn
ibern heidichn Schdand
di Kisdn is vull bis zum Rand
fasd scho am bladzn

Di Gäldschei sänn gschlichd
…a ganz scheenä Badzn
wu in dä Kisdn drin lichd

Di Oma dudd schboorn
schierd nidd arch ei
ka Audo dudds foorn
dringd Wassä schdadd Wei
di Glaadä sänn old
dä Heizkärbä kold
dä Kühlschrang is läär
di Gäldkisdn schwär

Bam schdudiern vu dä Lisdn
is di Oma väschiedn
um di schdaaolda Kisdn
hams dann Johrelang gschdriedn

Fuusbollä

Di Muddä vum Fußbollä schimbfd

„Am Sunndooch hauäs rum

di Wärgdooch gennäs grumm“

Kolda Hiddz

Di Keddn raddäd durch‘n Schdamm
langsam felld dä Bamm
er schlechd am Buudn auf
du schneidsd‘n zamm
di Drümmä schmassd am Hengä nauf
no fährsdes ham

Du leddsdes o
du maxdes glaa
di Bandscheim zwiggd
di Hüfdn driggd
Schwaas drobfd afm Buudn noo
schwindläd duddsdä saa

Doch gibsd nidd nooch
in Schdoos maxd hooch
des Holz deggsd zu
gibsd lengsd ka Ruh

Dess olde Holz deggsd auf
schlaafdes in di Wohnschdumm nauf
zum Ufädierla schibsdes nei
Rindn, Schbee und Sauärei
kehrsd zamm
endli fühlsdi wi dähamm
...hulldsd a Seidla Bier zum dring'n
mied dussd in dein Sessl sing'n

Di Hiddz driggd dir di Aigli zu
doch schläffd nidd ei, kummsd nidd zur Ruh
dann härsd scho di bekannd'n Schridd
du gschbiersd di ganza Gwold
dä Doon is schbidzi, dominand
scharf, ka bissla elegand
vorwurfsvoll und schrill
ohne Liebe, ohne Gfühl
ohne Rücksichd, ohne Härz
vullä Leid und vullä Schmärz
fasd ols wi vum Gaul a Dridd
der wu dir ana gnolld

„Midd dä Heizung schdimmd wos nidd
Moo, doo is zu kold"

Umweldschüdzä

Geechä Adoomgraffd sämmä fei
Kulln machn zuvill Zee-O-Zwei
Eel väsaichd di Schdränd
Erdgas wädd zu vill väbrennd

Handln messmä aff dä Schdell
umschdelln messmä zimli schnäll
fir a Windrood sämmä oll däfir
bloos biddschee nidd vor unsrä Dier

Dä Buu vu sei Leit

Lugas hassd dä Buu vu sei Leit
Lugas machd seini Eldänn vill Freid
Lugas is scho rechd weid
Lugas is unheimli gscheid

Lugas wädd foddografierd
Lugas wädd bräsendierd
Lugas wädd ins Indänedd gschdelld
Lugas gähd naus in di Wäld

Lugas weechd 9700 Gramm
Lugas bringd 79 Zendimeedä zamm
Lugas is zwaa Segundn gschdanna
Lugas rumbld geechä a Kanna

Kanna is hii
Lugas brelldsi des Gnie
Lugas sei Gnie wädd foddogfrafierd
bräsendierd
ins Indänedd gschdelld
Lugas sei Gnie gähd naus in di Wäld

Lugas brelldsi des Hiern
Lugas hadd a Horrn aff dä Schiern
Lugas sei Horrn wädd foddografierd
bräsendierd
ins Indänedd gschdelld
Lugas sei Horrn gähd naus in di Wäld
Lugas hadd glachd
Lugas hadd in di Windl nei gmachd

...naisde Noochrichd vum Lugas dähamm
Lugas weechd edz 9000 Gramm

Zum Schdäärm geboorn

Ohne Väschdand schlubfd du raus
hilflos und dumm
in dä Goschn ka Zoo
wagglӓd und grumm

Dess Gsichdla väzuung
ka Wodd wussd väschdääsd
dann läbsd und wässd old
wässd grau und wässd kold
dess Greiz is väbuung

…und wennsd widdä gääsd
wenn dä Sensnmoo gnurrd
bisd genausu hilflos und dumm
und kennsdi nidd aus
wi ba deinä Geburd

Doschd

Willi nu a bissla leem
hadd dä Dogdä groodn
däffi nämmä heem
edz schwidzi wie a Broodn

A Kasdn Bier, dess maand dä Moo
is z'schwär, ich leid edz wie a Hund
…zwanz'g Moll am Dooch in Källä noo
glaab bloos nidd, dess is gsund

Des schbroochlose Gschbrääch

Mä lichd…
aff dä haddn Madradzn
drumrum weißa Schbrossn
a Drobfä hengd ibern Bauch
a Noodl is fesdgmachd am Schlauch
wu di Adern durchschdichd
gsichäd geechäs zäbladzn
an a Maschina ogschlossn

Wos dengdmä...
wenn aanä kummd
wu froochd wiss aan gähd
midd an Gscheng in dä Hend
wuumä nidd will
wall di Schbrooch goor väschdummd
wallmä nix mähr väschdähd
wallmä kan kennd
walls ruich wädd und schdill

Wos froochdmäsi...
wenn is su weid
wos duddmä...
waddn
wos willmä...
leem
wos mussmä...
schdäärm
haddmä an Droosd...
kan
wos machds aan leichdä...
wemmä woss glabbd
dess anzi wumä väschdähd...
dass JEEDN su gähd

Schloofhaum

Wenn dä koldä Härbsdwind gähd
wenns graubld und wenns gfrierd
wenns di Bleddä rundäwähd
dä Bamm sei Laab välierd

Wennsd am Dooch ka Sunna sixd
wenn di Nächd nidd endn
dann meechäsd, wennsd im Bedd drin liggsd
ka Minuddn nidd väschwendn

Des kühle Zudeck schdüblsd hooch
afs Kobfkiss leegsd dein Kobf
di digga Deggn ziegsd nu nooch
ins Gnobfloch gnebfd dein Gnobf

Dann drähsdi aff di Seidn
di Haxn winglsd o
di äschde Wärm kannsd leidn
di Liedä folln dä roo

Du drähsdi afm Buggl
di Haxn dussd edz schdreggn
dann schnargsd olz wie a Suggl
und kannä däffdi weggn

Dief und fesd dussd schloofm
wassd nix vu heid, wassd nix vu naili
du dauschäsd midd kan Groofm
dei Schloof, der is dä heili

Dä Schloof der is su fessd
dä Schloof der is su schee
dä Schloof dess is dess bessd
der solläd nie vägee

Wenn dä Weggä schälld dussd brodesdiern
schloofm machd su sichdi
dem Weggä meechäsd ana schmiern
dä Schloof is doch su wichdi

Middooch, Oomd, zu olli Zeidn
schloofäsd hold rächd gäärn
dein Schloof kannsd su guud leidn
willsd nix seeng und willsd nix häärn

Doch horch, bevorsd wach wässd und vädärbsd
däzu dei miedn Gnochn
wäärs nidd gscheidä wennsd glei schdärbsd
...wäär dä Schloof nidd schdendi undäbrochn

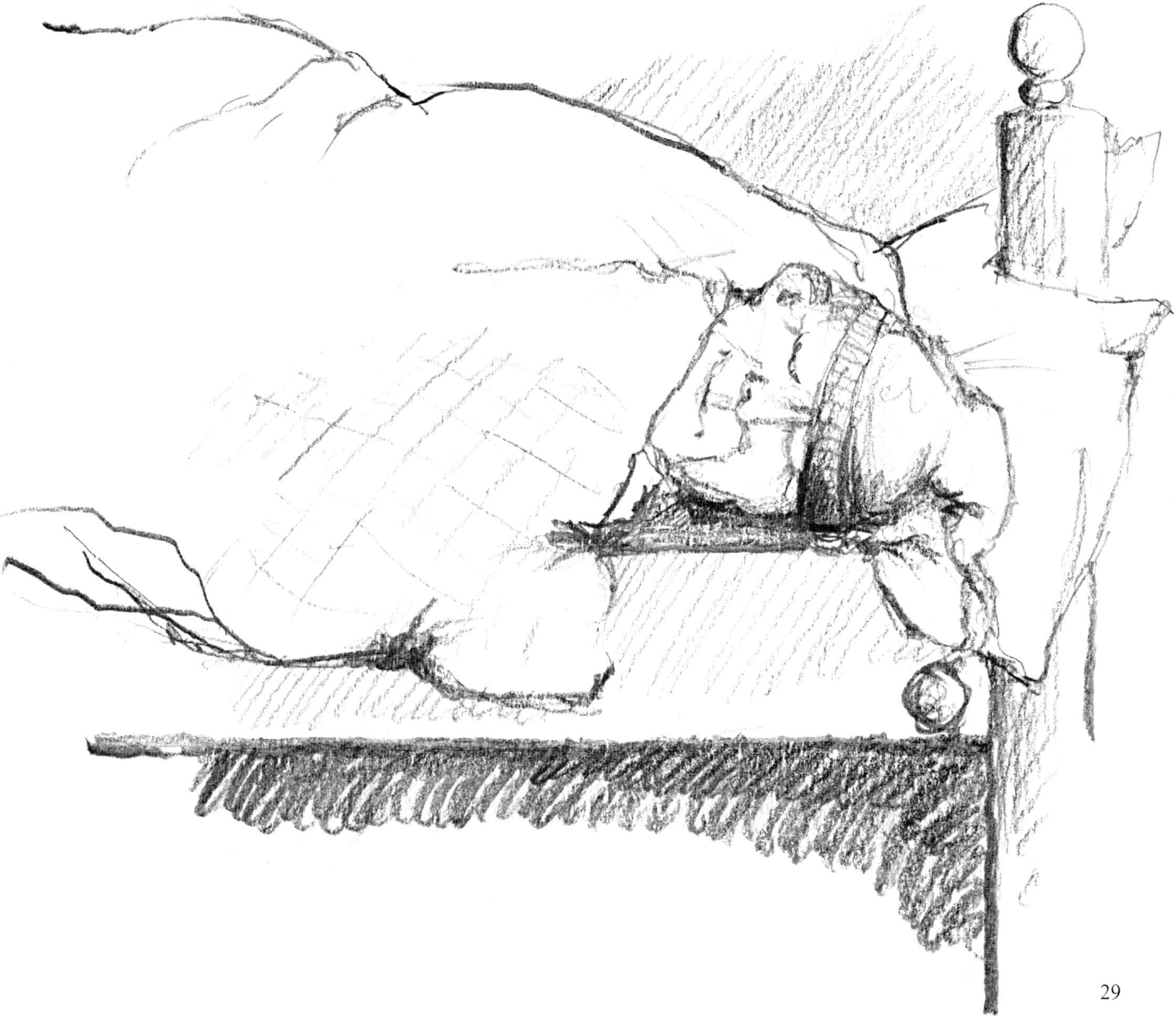

Gsundheidsabosdl

Des Immunsisdeem schdärgd Ingwädee
Zidronawassä budzd in Darm
in Boosnhaushold mussd väschdee
a Fuusbood machd schee warm

A Löffäla Omega drei
held dei Hiern vu Dummheid frei
di Nüss die machn gscheid
äss Gälbäruum, dann bissd bereid

Midd Kärbäskäärn braugsd nidd su leidn
ka Schdräss is guud fiers Härz
wennsd Jooga maxd dussd wengä schdreidn
Dschi Gong nemmd dir in Schmärz

Niernschdaa meeng di Räddi nidd
Milch machd fesda Gnochn
Dschoggn held in Greislauf fidd
ba Gribbm mussd a Subbm kochn

Jeeds Middl dudd hold fir wos kärrn
bissd zwäggäd obbä bloos a Schäärm
kannsd wärgli hunnäd Johr old wärrn
däffd vorhäär bloos nidd schdäärm

2011

Exdreemniedäschleech

Dess kanns goor nidd geem
dess mussmä däleem
dass irgendwoss gidd
wumä sachd, dess gidds nidd

Wenn dä Kärchduurm im Diefschnää väsingd
wassmä nidd wi dess glingd
wenn di Gloggn dann leidn

Woss dann bassierd
haddmä nuni schdudierd
dudd di Wissnschafd schdreidn

Glingds dumbf oddä schrill
is laud oddä schdill
is dämbfd, kaum zu häärn
mir kanns nidd ägläärn

Es wär scho wichdi, dcs Exbärrimend
dassmä äfoschd, wossmä nidd kennd
drum waddmä, bissi dess Glima väschibbd
bis Exdreemniedäschleech gibbd
dann wädd ka Schnää nämmä graamd
wädd kandld, nidd su lang draamd

...Wiss su weid woor
in irgend an Johr
wi di Massn vu Schnää
sich dürma ind Häh
froochd kanns woss bassierd
wenn di Gloggn im Schnää drinna schdeggd
es hadd ka Sau indressierd

Dann hadd goor ka Gloggn mähr gliedn
is dä Meesnä väschiedn
und di Menschheid schee langsam gfreggd

Und nach oll denna Johrn
hadd kanns je äfohrn
…glingd di Gloggn im Schnää
dumbf oddä schrill
laud oddä schdill

Des Blümla

Ba dä gfliesdn Därassn
is a glaans Egg
fassd a Väschdegg
groodschee dudds bassn

Dichd ibän Buudn
sichdmä ganz zoord
an dünna Schdengl, behoord
a winzigs Gnebfla, a Gnuudn...

...gähd auf
väzaubäd di Lufd
midd an ganz siesn Dufd
Schmäddäling hoggnsi drauf

In di schänsd'n Farm
glänzd di Blüdn im Lichd
wär dess nidd sichd
dem sei Härz is nidd warm

Doch dann kummd a Moo
a Schäär in dä Hend
zu dä Blumma här grennd
und schneids undn o

Er schdeggds in a Diedn
a Bendla drum rum
schdellds zäschd in di Schdumm
sei Fraala is z'friedn

Er hadd nidd vägässn
dä Muddä ihrn Dooch
und walläs gäärn mooch
machdä am Sunndooch des Ässn

Di Blumma schdähd edz in dä Kichn
ohne Wozzl und Graffd
ohne Näggdor und Saffd
di Farb lengsd väblichn

…Des Boor issd heid drausn
aff dä gfliesdn Därassn
des Weedä deed bassn
doch denna dudds grausn

Di Freid woor väbei
di Därassn is graisli
di Fliesn seeng schaisli
ihr Ässn hams gnumma

…und sänn widdä nai
zu dä värunzld'n Blumma

Windä-Diensd

Di olda Zeid is lengsd scho rum
dä naie Bauer dengd edz um
und machd des woss dä Old nidd kennd
...a Diensdleisdungsmänädschmend

Im Summä
mähdä fir di Gmaa
Bankedde, Groom und Raa
er bfleechd des Biodoob
er baggäd a frisch Groob

Er kehrd di Schdrass
er budzd di Gass
er schneid di Bamm
....is kaum dähamm

Im Windä
fengdä nachds um dreia o
schaffd in Schnää vum Gehschdeich roo
raamd di ganzn Bargbläddz zamm
...und er is a kaum dähamm

Doch wallä hold sei Fraa gäärn sichd
und um dreia gäärn im Bedd drin lichd
froochdä an Kolleeng
...di Hälfd vum Lohn deesd greeng
mach amol ich und amol du
dann hasd mähr Gäld
und ich mähr Ruh

Dä Kolleech hadd gsachd, dess kennäd geh
dess bassäd in mein Zeidbloon schee
im Windä zu di besdn Zeidn
deedi di Bankedde schneidn
und im Summä brauchi nix väsaama
deedi Schdrass und Gehschdeich raama

Eiskolda Wärm

Dä Moo, der hadd dess Holz vägässn
dä Ufm is lengsd aus
di Keld duddsi nidd nausschbärrn lässn
an Kühlschrang gleichd dess Haus

Im Haisla is su kold
di Fraa will nidd däfriern
no maand dä Moo, ich duddi hold
a bissäla massiern

Dä Moo, der ibäleechd
a Deggn drechdä rei
a boormol issä gscheechd
und baud sei Fraa gscheid ei

Doch die hadd gschend
und brodesdierd
…nach Deggn issä weidä grennd
wals di Fraa su frierd

Di Deggn deggn olläs zu
warm wädds edz vu oom bis unt
Friedn kehrd dann ei, a Ruh

Nach anä gschloongna Schdund
hadds nämmä gschend, hadd nix mähr gsachd
er haddsi doch su gschiggd

Di haufm Deggn ham woss brachd
bloß wärs hold fasd däschdiggd

Wos willi

Ich waas nidd
        wossi will…

Ich bin drauri
        walli gliggli saa will…

Binni gliggli
        willi nu gliggliä saa…

Dann binni widdä drauri
        walli nidd gliggliä
                saa kann
                        wie i scho bin

Sorng

Äschda Sorch - Wädds woss

Im Bedd - dreiväddlzehna
A weng a schdehna
Schwaas aff dä Haud
…Nach zwaa Wochn gschaud
ka Bluud
nach vier Wochn - immä nu guud
nach achd Wochn - nix rood, nix wu babbd
…hadd glabbd

Zweida Sorch - Dä dridd Monäd

Schwangäschafdsschdard
dä Oofang is hard
bleibds doo
…enddaischd obbä froh

Dridda Sorch - Dä siebde Monäd

Kind nidd grierd
zum Dogdä maschierd
Uldrascholl gmachd
Vaddäunsä schnäll gsachd

Vädda Sorch - Di Geburd

Bauch kuuglrund
is olläs gsund
Kind duddsi dräa
Wäa
hoffm und banga
ins Grangnhaus ganga
Schmärzn
nix ibäschdärzn
Kombligadsjoon
Obäradsjoon
nu immä nix nais
Moo is kääswais
Kaisäschnidd gmachd
Vaddäunsä schnäll gsachd
zwaa Johr nidd in dä Kärch
...Fraa und Kind ibern Bärch

Fünfda Sorch - Dä Nooma

Marie oddä Anna
Kaddarina, Johanna
...dä Moo wor im Amd
wuhär des Kind schdammd
haddä äglläärd
di Beamdn hamm kährd
dä Moo hadd endschiedn
...dähamm hamms dann gschdriedn
di Fraa haddn kassd
wall dä Nooma nidd bassd

Sexda Sorch - Schnaufds nu

Kind in di Schloofschdumm hamm brachd
zu dridd - di äschd Nachd
Kindla hadd gschnorchd
Eldänn hamm korchd
dass nix bassierd
Moo emanzibierd
hadd a ka Auch zugmachd
…in dä Ärbäd ka Auch nidd aufbrachd

Siebda Sorch - Wos maxd edz

Kind hadd gscheid kussd
Kind will ka Brusd
Lunga endzundn
…furchdboora Schdundn

Achda Sorch - Wer is gscheidä

Nachbäkind blaudäd
unsä Kind zaudäd
held bloos sei Maul
dois doch woss faul
…es sorngsi di Oldn
Kind vum Nachbärrn soll a sei Maul holdn
…däfir gähd unsäs afs Gloo
und bam Nachbäbälch leffds des Huusäbaa roo

Neunda Sorch - Benoochdeilichung

Im Mai is rächd schwül
dä Moo hadd a Gfühl
dä Moo hadd an Drugg
a weng a Haurugg
...di Fraa will nix wessn
dudd in Moo ganz vägässn
dä Moo is dann sauä
Fraala is schlauä
redd aff ihn ei
hobb Geduld, kummd widdä a Mai

Zehnda Sorch - A folschä Momend

Kindla kann waafm
Kindla kann laafm
Kindla kann flieng
…vu dä obäschd‘n Schdieng
vum Dräbbnhaus noo
vu dä Glooschüssl roo
...dess Kindla schdudierd
dess Kindla brobierd
...wall dess Kind nidd barierd
is dann bassierd
Baala is brochn
vänandä dä Gnochn
a Momendla nidd gschaud
ganz vill väsaud

Älfda Sorch - Bleeda Schull

Kind gähd ind Schull
Zeichnis lichd zägniddäd am Schdull
Eldänn sänn sauä
ka bissla schlauä
Noodn sänn schlächd
Lehrä sänn nidd gerächd
...Kind wädd äbrässd
däff nidd afs Fässd
grichd ka Daschngäld mähr
Gäimboi muss häär
...Kind hadd dann griena
Sunna hadd gschiena
afs Fässd däffs doch kumma
Gäimboi däff brumma
Daschngäld dudds widdä geem
…midd schlächda Noodn lässdsi guud leem

Zwölfda Sorch - Hormondurchanandä

Dä Kobf is vädrähd
di Bubbädääd
machd des Kind näsch
Frisur is rächd fäsch
naia Glaadä oll Dooch
fodd wemmä mooch
dähamm nix mähr gsachd
bloß nu gmachd
wossmä will
Flausn ganz vill
Männä im Hiern
nach Buum schbäguliern
Schull is a Gwool
Noodn egool
Glaadä leeng aff an Haufm
raung und gscheid saufm
in Hold fassd väliern
Rauschgifd brobiern
in dä Gliggn beschdeh
nachds nidd hamm geh
...Eldänn hamm brodesdierd
hamm kabbidulierd
denna olläs väsuung
Kind is auszuung
...Eldänn hamm Gligg
Kind kummd widdä zrigg
Kind is nämmä bedaibd
...dä Abschdand der bleibd

Dreizehnda Sorch - Schlächdä Freind

Kind hadd an Freind an fesdn
wu di Eldänn väkösdn
a armä Schdudend
ohne Dalend
nisdsi ei in dä Buudn
midd armlanga Zuudn
wohndä im Haus
kanns bringd‘n naus
...di Eldänn hamm Sorng
tu aff uns horng
mach fei ka Sünd
griech joo ka glaans Kind

A Sorch wengä - Guudä Freind

Wi dä Schdudend
ohne Zuudn rumrennd
sein Dogdä schaffd
a Haisla sich kaffd
heimli und schdill
hairäddn will
dennäs di Eldänn gäärn seeng
hamm nix mähr dägeeng

Äschda Sorch widdä - Wädds woss

Kind vädeend Gäld
kummd naus in di Wäld
Kind is edz z'friedn
is nunni gschiedn
Schwiechäsohn bassd
wädd nämmä nausgschmassd
...doch di Eldänn hamm Sorng
Kind will nidd horng
Eldänn wolln aans
wolln gäärn woss Glaans
…Kind is nidd gschwind
Kind will nu ka Kind

Sorngfrei - Für immä

Bam Kind kummd dä Schdorch
dess woor di ledzd Sorch
di Eldänn sänn z'friedn
edz wädd nämmä gliedn
edz gilld dess Rezäbbd
edza wädd gläbbd

Dridda Sorch - A widdä doo

Siebdä Monäd - Kombligadsjoon
Kind aff dä Schdadsjoon
woss gnaus waasmä morng

Großeldänn hamm Sorng - Sorng

di gleichn wi immä
…bloß nu vill schlimmä

Granggsund

Nach langä Grangheid gsund
          is gsündä
olz nach langä Gsundheid grang

Gsundgrang

Midd anä schlächdn Gsundheid
          bisd genausu banandä
olz midd anä guudn Grangheid

Hallowien

In dä Nachd sänns rächd grennd
kan aanzin hassd kennd
des Gsichdla väschdeggd
di Zunga rausbläggd
di Baggn ogschdrichn
sänns nämmä ausgwichn

…max auf deini Daschn
mir wolln a Dubblo zum naschn
süß oddä sauä, hams dä ägläärd
…no hasdi beschwäärd

Wos machdn ihr zamm
gedd widdä hamm
brauchs nidd, denna Ammi ihr Zeich
fodd edz midd eich

Dann sänns gfluung
di Eier, di Räsdli vum Kuung
di Farb an di Wend
und dann äschd sänns grennd
die Freggä, die Zäggn
...du suugsd an drumm Schdäggn
und häsdes vädroschn
midd ihr ogschmierdn Goschn

Doch di Kinnä woorn fodd
schood um jeeds Wodd
di Hauswend woor vull
du hullzdä an Schdull
maxd saubä di Wend
hassd gfluuchd und hassd gschend
…no woor des Buddzmiddl goor
und dann woors Naijoor

…Wennsi di Kinnäli riern
wenns graduliern
hassd am Diesch drin woss leeng
woss fürs Naijoorswünschn greeng
…an Fünfä ols Lohn
des is Draddizjoon

Doch die Kinnä, die dumma
sänn nämmä kumma
hammsi nidd draud
hamm saudumm gschaud

Fir den Fünfä fir jeedn
den wuss edz greeng deedn
wu am Kichädiesch lichd
häddn's zwanzg Dubblo grichd

Dä Bfiffiguss

Dä Buu kummd vu dä Schull
bflanzdsi am Schdull
schollđ in Fännseeä ei
gaffd schdundnlang nai

Dä Vaddä gähd in di Schdumm
drähd in Ausmachä rum
tu woss ärbäd‘n, Freind
dä Buu greind

Di Muddä kummd dann däzu
sichd des flanna vum Buu
schimbfd glei in Moo
schaudäs hold o
des kääsweise Gsichd
dä Buu is nu glaa
dudd belasdboor nidd saa
dä Buu brauchd dess loom
Freizeid muss dä Buu hoom

Dä Vaddä	Ärbäd hadd nu kann Buum woss gschadd sälbä haddmä ka Freizeid nidd kadd ich hobb a Ärbäd a glanna doo kannä endschbanna
Dä Buu	hadd des greina aufkährd hadd di Muddä aufgläärd dä Film deed schee undäholdn däffi eischoldn
Dä Vaddä	sachd Naa
Di Muddä	sachd Ja
Dä Vaddä	haud aff di Dieschbladdn drauf du ziegsd an Faulenzä auf
Di Muddä	is schduur schreid dann reduur du vädärbsd unsän Glann sixd doch, dassä boll nämmä kann

Dä Vaddä	is nidd dä Boss
di Dier grachd ins Schloss
machd wossä mechd
wenn dä Bälch nix vädrechd

Dä Buu	scholld widdä ei
und gaffd goor nidd nai
er schaud dä Muddä ins Gsichd
fiern Glubb hobbi a Freikaddn grichd

Di Muddä	Woss, afs Fußbolln willsd gee
kanni goor nidd väschdee
Buu woss maxd zamm
häädn suvill Ärbäd dähamm

Dä Raasä

Doo grixd scho an Brass
vor dir aff dä Schdrass
fährd a Schleichä wussi nidd draud
a Drödlä wu z'langsam schaud
lengsd dussd scho brumma
...kädd dä Fieräschei gnumma

Du schausd in di Geengfohrboo nai
du kannsd nidd väbei
wall schdändi woss kummd
hassd gschimbfd und hassd brummd
hassd gwäddäd hassd gfluuchd
hassd scho zwanzg Mol väsuuchd
schäärsd widdä lings naus
doch der Kärl weichd nidd aus

Du reegsdi scho auf
dei Härzschlooch gähd nauf
ausgrächn'd heid
du hassd doch ka Zeid
meechäsd den Gribbl väsulln
kannsd nidd ibähulln

Aff di Haubdschdrass dudds gee
bamm Schdobbschild bleibsd schdee
vor dir schdähdä und wadd
däärs gwies vu dä Schdadd
der reagierd wie a Schdaa
villeichd is a Fraa
...dengsdä, dä Groll is su groos
warum fährdä nidd loos

A ganza Schdund is scho frei
und der Däbb fährd nidd nai
wach endli auf
sunsd schiebädi drauf

Der vor dir fährd o
doch kummsd nunni dro
wal widdä woss kummd
dä Modoor hadd scho brummd
und der Drödlä der fräch
is scho weid wäch
weechä dem mussd edz waddn
und kannsd nunni schdaddn

Edz kannsdi nai zwiggn
dussd afs Gasbedool driggn
an Bliddzschdadd hassd gmachd
bledzli hadds grachd

Und dann is su weid
…hassd aff amol vill Zeid

Diäd

Ich hogg in mein Sessl
di Fieß afm Schdull
neemdroo schdähd a Kessl
dreiväddlsd vull
midd ann Bfäffäminzdee

Ich hobb mei Zäa im Auch
und kann nidd väschdeh
dassi mei Bauch
jeedn Dooch a weng mähr
nach ooma schdreggd

Di Kanna is läär
di Dschibbs hamm guud gschmeggd
dä Schoglaad is scho offm
dä Läbkuung is gsund
dä Bombom lengsd z'loffm
dä Neechäkuss drund

Doch drodz dä Diäd
wu ich doo griech
is scheinboor zu schbääd
walli mei Fieß nämmä siech

Und ich waas a warum
dä Dee hadd di Schuld
und drum...
hobbämä…mei Bier widdä kulld

Audoridär

Dä Buu woor rächd fräch
hadd nidd barierd
dä Driggä kummd wäch
er grichd aana gschmierd

DessVäbood dauäd fünf Wochn
weh, wennä gaffd
...dess grichdä väschbrochn
wädd dä Fännsee väkaffd

Andiaudoridär

Dä Buu is rächd fräch
waas gor nidd warum
ka Driggä kummd wäch
ka Fännsee bleibd schdumm

Dä Vaddä hadd drohd
ich duddi nidd haua
däfir grixd gesdänn Fännseeväbood
und vorgesdänn braugsd a nunni schaua

Dä arme Boeed

Du schreibsd a Gedichd
bringsdes in Form
du faalsd an dä Gschichd
dei Fleiß is enorm

Di Säddz sänn zu lang
di Vokoobln zu vill
es hadd nu kan Glang
es is nidd wiemäs will

Du endässd in Sinn
du kennsdi nidd aus
du lässd fassd nix drin
in Rässd, den schdreigsd raus

Dann fengsd widdä o
und schreibsd a Gedichd
du faalsd widdä dro
du formsdä dei Gschichd

Und dann leesd dei Reim
kannä wills häärn
kannä will bleim
und du leesd doch su gäärn

Ihr Freggä, dussd fluung
fir eich hobbis doch gschriem
hobb dess Värschmoos väbuung
und kannä is bliem

Äschd wenni gschdoorm bin
is eich des Värschla woss wäärd
und ich hädd doch sein Sinn
gäärn nu vorhär ägläärd

Fooroodfoorä

Di Wäld is väschwumma
kannsd fassd nix seeng
bissd nunni weid kumma
neebä dir dudd dei Fooreedla leeng

Du dengsd aweng nooch
du reibsdä dei Gsichd
du schdellsdä a Frooch
des Auch is väbichd

Vu doo bis zum Bärch
vu dodd bis zum Mond
bis niebä zur Kärch
bis zum Horrizond

Vu Anschba bis Greid
vu Wäzzburch bis Schdaa
bis Bobbmraid
di ganza Gmaa

Es gidd suvill Bladdz aff dä Wäld
nach olli Seidn
kannsdi riern wisdä gfelld
und doch mussd edz leidn

…wall des Muggäviech
wie a drum Schuss
genau wie im Griech
ins glaa Auch naisausn muss

Dann dengsd a nu schlächd
warum no grood ich
des is nidd gerächd
des bleed Muggäviech…

hädd im Auch vu mein Freind
der wu neebä mir wadd
und vu lachn fassd greind
di sälbe Freid kadd

Di Weedämaschina

Wal dä Mensch su wiemän kennd - schdändi ibers Weedä schend
walläsi ärchäd wenns bloß rengd - drum hadd a gscheidä Frank sich dengd
er baud edz über Nachd - a Maschina wu dess Weedä machd
die wu bis nauf zur Schdradosfährn - ka Gelehrdä kann dess nidd ägläärn
dess Schdurmdief und dess Russnhooch - in Schdargreeng und in Hooglschlooch
dess Bliddzeis und in Schnää dressierd - …min Weedä haddä schbegulierd
und blödzli haddä schdeiän kenna - ob di Leit zum wandänn genna
ob dess Freibood widdä loggd - ob dä Zuuch im Schnää drin hoggd
dä Windädiensd ka Solz mähr hadd - ob di Schdoodä in dä Schdadd
olläwaal im Reeng däsaufm - di Grankn bloß a Koldlufd schnaufm
di Leit vädädda Blumma gießn - di Allärgiggä di ganz Zeid niesn
und di Bauern brodesdiern - walls di holba Ärnd väliern

Dä Weedämachä woor rächd gscheid - horchd amol ihr liebn Leit
min schlächdn Weedä is edz Schluss - fir an glanna Obolus
kenndä kaafm woss eich gfelld - väkaaf a Hiddz, väkaaf a Kelld
väkaaf an Wind, väkaaf a Eis - väkaaf dess Weedä zu sein Breis

Und wall dess besdns fungzjonierd - wädd dess Weedä exbodierd
aff dä ganzn Wäld kaffd jeedä - garandierdes Franknweedä
je nach Aufdrooch guud sodierd - nach Sunna Reeng und wenns gscheid gfrierd

Doch wall di Schbrooch sich undäscheid - und di masdn vu di haufm Leit
anäschd blaudänn wi di Frankn - gidds aff amol großa Schrangn
dä Franke wu des Weedä machd - hadd woss durchanandä brachd

2011

In di Sahara hadds an Schnääschdurm glengd - di Äskimo ham Hai aufkengd
in Afrika, a su a Schand - hams Kamele vor di Schnääbfliech gschbannd
a Blizzard hadd in Urwold gschdraffd - und di Neechä hamsi Schliddschuh kaffd
af di Birrramiedn is seid dausnd Joorn - dess äschde Mol a Schiliffd gfoorn
und in Ramses woor zwäggs Dembraduurn - fassd dess ganze Maul zugfruurn

Am Nordbool drooma dennäs boodn - dä Sudaan der mäld an Hooglschoodn
dess Malediveneis is digg und fesd - wu di Dauchä nidd nach ooma lässd
Idalien driffds ganz vämässn - di Eisbäärn denna Bizza frässn
und am Brombachsee sänns oll väschdimmd –wal doo dä weiße Hai rum-
schwimmd

Sugor vum Franknland hasd nix mähr gseeng - is holmi undä Wassä gween
di ganzn Leit woorn oll väschreggd - und hamsi afm Dach väschdeggd

Aff dä ganzn Wäld vu oom bis unt - is des Weedä kundäbund
a Durchanandä bis zum kochn - is af däära Wäld rei brochn
äschd a Koddzschluß in dä Nachd - hadd di Ordnung widdä brachd
di Maschina, die is exblodierd - vu dodd o hadsi nix mähr grierd

Des Malediveneis is widdä daud - dem Schiliffd woor dess Gschäffd väsaud
in Schnääschdurm hadds af Grönland gwähd - und in Rossndorf hams Grammäd
gmähd
bloß a Brobleem dess bleibd beschdee -…dä weiße Hai im Brombachsee

Wäälä-wo-dumm

Dä Bürchä schdähd voorm Blagood
er brauchäd an Rood
er sichd freindlia Gsichdä
Gschäfdsführä, Richdä

Dogdä, Bolizisdn
Vädreedä, Jurisdn
a Fraa zwischndrinna
lässdsi nu finna

Jeedä lachd aan schee o
woss sollmä no doo
dä aane is jung, dä andä äfohrn
dä aa inwesdierd
dä näxde will schboorn

Dä aa will ka Holl
dä näxde wills boll
kannä wass gnau
und dä Frosch brauchd an Zau
der soll aff ka Schdrass
…dess is dess wossmä wass

Umwoorm is di Schdimm
grichdmäs nidd, is ganz schlimm
...wu di Greizli schee langa
zu dem is dä Räälä glei ganga

Ich hobdi fei gwääld, mussdmä fei hälfm
jeedn Dooch dudd a andärä gnälfm
und wee, es hassd - Naa
...dudd dä Wäälä noochdroochäd saa

Wie an Frosch dudds dann geh
in oll denna Johrn
ka Zau dudd nidd schdeh
scho wässd ibäfohrn

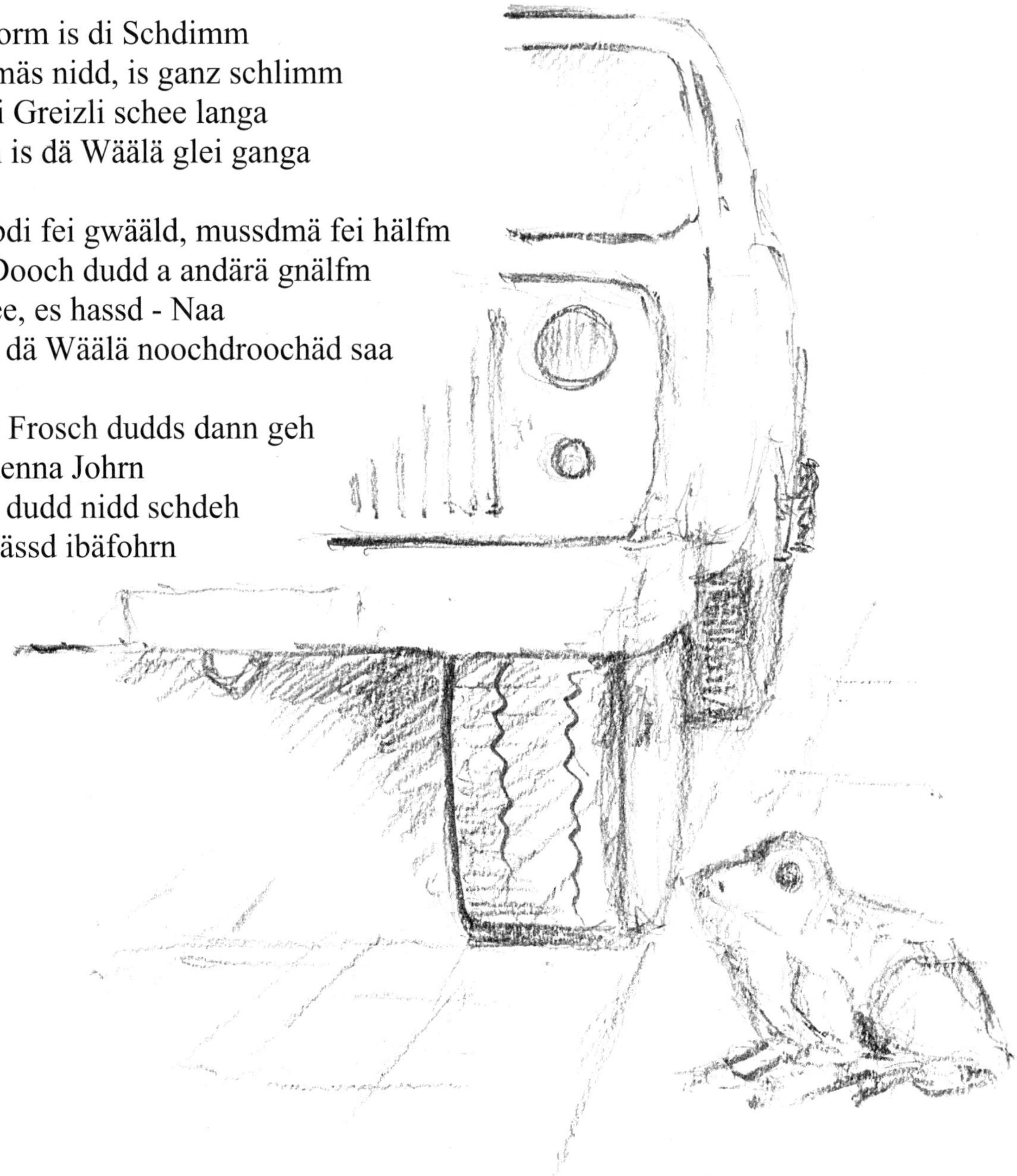

A Schdammholdä

A winzigs Schdäggäla
driffd aff a Gaggäla
no wädds a Bräsäla
dänooch a glaans Waggäla
a Breggäla
und zledzd a glaans Schdäsäla

Ka Schdammholdä

Willsd ka Brüdäla
gidds an glann Drix
nemmsd a Vähüdäla
dann bassierd nix

Grußwort des Bayerischen Ministerpräsidenten a. D. Dr. Günther Beckstein

„Wie dähamm“ – schöner als mit dem vorliegenden Werk könnte eine Liebeserklärung an unsere fränkische Heimat kaum zum Ausdruck gebracht werden! Hier haben zwei Künstler zusammengefunden, die Heimatbewusstsein in einer ganz besonderen Weise darstellen: In Wort und Bild machen sie uns auf die Schönheit Frankens aufmerksam, skizzieren die Menschen, erweisen dem uralten fränkischen Kulturland alle Ehre. Der hintergründige Humor und die Kreativität, die Fritz Stiegler und Theo Steinbrenner dabei an den Tag legen, machen das Buch zu einer ungemein lesens- und sehenswerten Referenz an Franken und seine Bewohner.

Den Anstoß dazu gab der Lions Club Cadolzburg. Er hatte anlässlich seines zehnjährigen Jubiläums den Einfall zu diesem wunderbaren Werk. Das war nicht nur eine außergewöhnlich gute Idee, sondern ist einmal mehr ein Beispiel für die iden-titätsstiftende Arbeit, die sich der Club auf die Fahnen geschrieben hat. Seit den zehn Jahren seines bisherigen Bestehens zeigt der Lions Club Cadolzburg, wie heimat- und kulturbewusst er ist, wie kreativ er denkt und wie solidarisch er agiert. Dass er sich an diesem Erfolgsrezept weiterhin orientiert, das wünsche ich ihm.

Als Franke von Herz und Geburt freue ich mich besonders über das herzerfrischende Jubiläumswerk, das aus Anlass dieser zehnjährigen Erfolgsgeschichte entstanden ist.

Auf viele begeistere Leser, auf eine gute Zukunft des Lions Club Cadolzburg!

Dr. Günther Beckstein, MdL
Bayerischer Ministerpräsident a. D.

2011

FRITZ STIEGLER

Kein Studium, keine Hochschule bestimmten seine Laufbahn. Hauptschule, Landwirtschaftsschule, Meisterprüfung, Heirat, zwei Buben, Hofübernahme. Der normale Weg eines Bauern. Zusammen mit seiner Frau bewirtschaftet der 49 – jährige eine Pferdepension und seit einigen Jahren eine Haselnussplantage im Erwerbsanbau.

Die Liebe zur fränkischen Mundart animierte ihn, bereits als Jugendlicher Gedichte zu verfassen und sie bei öffentlichen Veranstaltungen vorzutragen. Das erste Gedichtbuch erschien 1988, fünf weitere Bücher folgten. Außerdem schrieb er das Libretto und die Liedtexte zu den beiden Musicals "Magdalena" und "die weiße Witwe", die auf der Cadolzburg 2007 und 2010 uraufgeführt wurden. Es folgten die Auszeichnungen mit dem Frankenwürfel und der Verdienstmedaille des Landkreises Fürth.

Getreu den Empfehlungen seiner ehemaligen Lehrkräfte, die in seinen Zeugnissen gerne vermerkten: "Der stille Schüler sollte etwas mehr aus sich herausgehen," wagt er sich nun zusammen mit dem Maler Theo Steinbrenner an eine völlig neue Herausforderung.

THEOPHIL STEINBRENNER

Geboren am 30. März 1946 in Dörfleshof, Gemeinde Ottelmannshausen im Grabfeld. Aufgewachsen in den Hassbergen.
Nach den Gymnasialjahren in Haßfurt und Würzburg von 1965 bis 1970 Sport- und Kunststudium in Würzburg und Nürnberg. Anschließend Pädagogikstudium in Bamberg mit Erwerb der Lehrbefähigung für weiterführende Schulen.
1970 Staatsexamen; danach Kunsterzieher in Kitzingen und Schwarzach.
1982 Aufgabe des Staatsdienstes und Beginn der freiberuflichen Tätigkeit als bildender Künstler im eigenen Atelier in Schwarzach am Main.
1987 Gründung eines eigenen Museums in einem alten Wehrturm in Sommerach am Main, „Theo Steinbrenners Turm-Museum". Im gleichen Jahr Gründung der ersten Kleinkunstbühne in Stadt- und Landkreis Kitzingen in diesem Museum.
Einhergehend damit: Gründung eines eigenen „Freundes- und Kulturkreises", dem heute nahezu 500 Mitglieder angehören, aus dem gesamten Bundesgebiet und dem benachbarten Ausland.
1996 Erweiterung der Kleinkunstbühne zur heutigen Veranstaltungsreihe „Kultur in Turm & Hof" durch den Zukauf eines aufgelassenen Einödhofes im Steigerwald, der „Alten Fallmeisterei" in Prichsenstadt, OT Kirchschönbach.
Neben der Schwerpunktarbeit im Bereich der Gestaltung von Brunnen und Großskulpturen seit 1976 Herausgabe eines eigenen Aquarellkalenders mit jährlich wechselnden Motiven aus der fränkischen Heimat.
Daneben Herausgabe mehrerer Bücher mit durchwegs eigenen Illustrationen, alle im eigenen „Verlag Theo Steinbrenner (VTS)".

INHALTSVERZEICHNIS

Härzinfaggdforml	Seite 3
Vorwort von Peter von Beyer	Seite 5
Dä Franke	Seite 6
Des gscheide Waggäla	Seite 8
Des Eheboor	Seite 10
Vorroodsholdung	Seite 12
Fuusbollä	Seite 14
Kolda Hiddz	Seite 15
Umwäldschüdzä	Seite 18
Dä Buu vu sei Leit	Seite 20
Zum Schdäärm geboorn	Seite 22
Doschd	Seite 23
Des schbroochlose Gschbrääch	Seite 24
Schloofhaum	Seite 26
Gsundheidsabosdl	Seite 30
Exdreemniedäschleech	Seite 32
Dess Blümla	Seite 34
Windädiensd	Seite 36

Eiskolda Wärm	Seite 38
Woss willi	Seite 40
Sorng	Seite 42
Granggsund / Gsundgrang	Seite 52
Hallowien	Seite 54
Faulenzä	Seite 56
Dä Raasä	Seite 60
Diäd	Seite 63
Audoridär / Andiaudoridär	Seite 64
Dä arme Boeed	Seite 66
Fohrodfoorä	Seite 68
Wäälä-wo-dumm	Seite 73
A Schdammholdä	Seite 76
Schlussgedanken	Seite 78
Auflösung Härzinfaggdforml	Seite 84